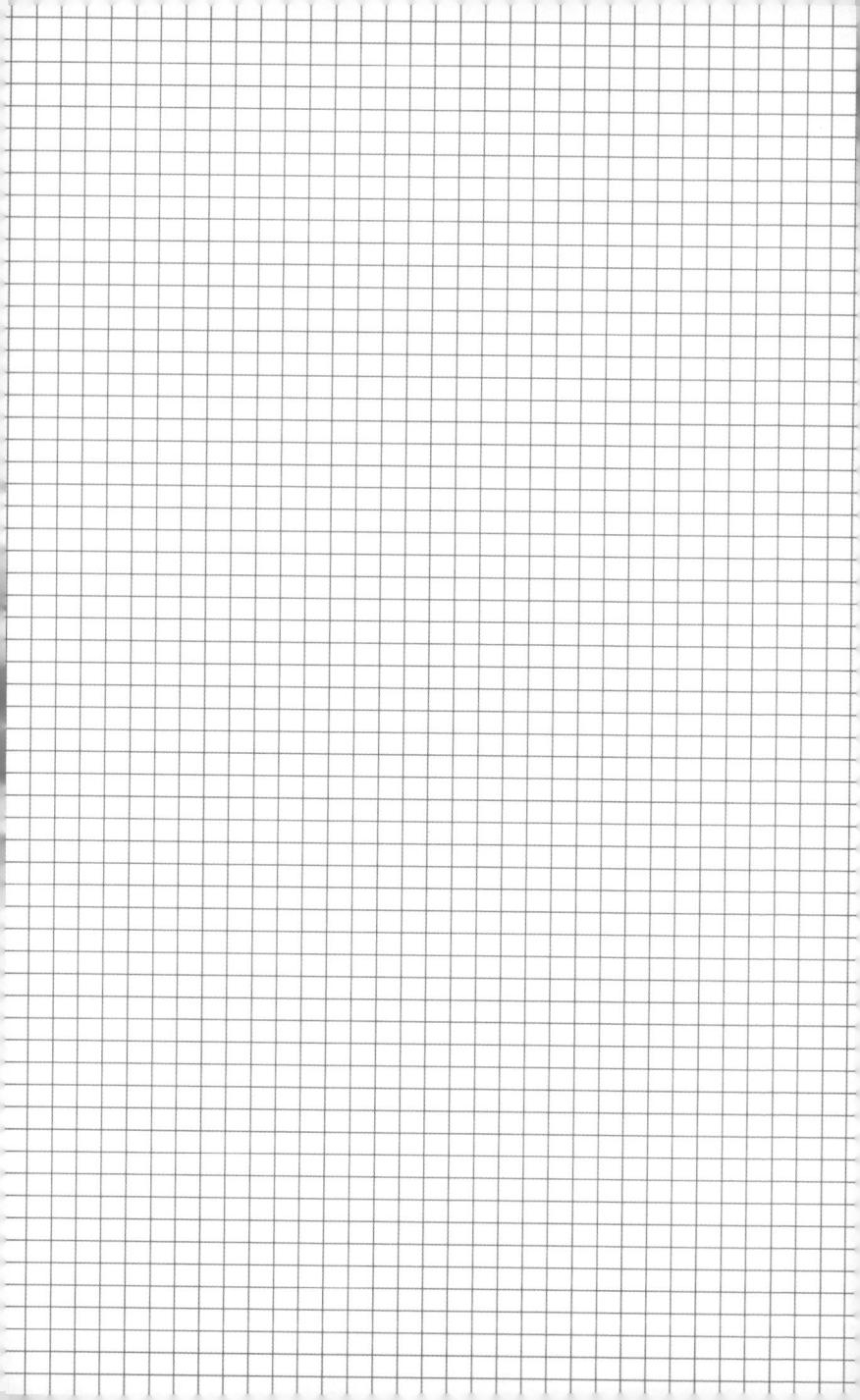

12월 25일을 맞이하는
스물다섯 가지 이야기

To. _____

매일이 크리스마스인 사람들을 위하여.

스물다섯 가지 크리스마스

김져니 지음
개정판 1쇄 발행 2025년 5월 20일

펴낸곳 요호이
발행인 김재태
교정·교열 또레이, 홍현미
E-MAIL yohoi.official@gmail.com
SNS www.instagram.com/kimjourneydiary
ISBN 979-11-988988-5-2

Copyright ⓒ Kimjourney, 2021
Illustrations ⓒ Kimjourney, 2021
All rights reserved.
본 책은 저작권법에 의해 보호를 받는 저작물이므로 무단전재와 무단 복제를
금합니다.
책값은 뒤표지에 있습니다.

스물다섯 가지 크리스마스

글·그림 김져니

안톤 씨의 빵 12

그렉과 친구들 20

멍청한 어느 날 24

어느 발레리노와의 추억 34

근사한 저녁 식사 36

우린 만나야 해요 40

작은 것일수록 좋아 44

커피를 마시지 못하는 로베르 48

캐시미어 코트 52

루돌프의 크리스마스 55

꼬마 마녀의 겨울 58

산타의 일년 64

조용한 반란　　70

맥켈런 씨의 은빛 테두리　　74

우정　　78

작은 혼잣말　　82

초록색 크리스마스　　86

우리 배달부의 임무　　92

어느 강아지의 사정　　102

미스터 클라우스의 생각　　112

이쪽으로 오세요　　116

타라의 겨울　　118

크리스마스 초대장을 준다는 것은　　120

진실에 가까운 진실　　124

12월 24일 22시 40분　　130

안톤 씨의 빵

메리가 살고 있는 마을은 일 년 중 절반이 겨울이다. 그래서 마음만 먹으면 언제든지 크리스마스 분위기를 낼 수 있는 - 12월을 좋아하는 어린이들에게는 - 동화 속 세상과 같은 곳이다. 그런데 어린이들의 상상과는 다르게 이 마을 사람들은 크리스마스가 있는 12월에만 골목골목마다 반짝이는 것들을 세워두고, 캐럴을 틀어 크리스마스 분위기를 낸다. 엄격하게 크리스마스와 크리스마스가 아닌 날을 구분하는 것은, 그렇게라도 하지 않으면 시간이 흐르는 것을 느끼기 힘들기 때문이다.

올해 크리스마스도 어김없이 메리는 일찍 잠에서 깨어났다. 창문 밖을 바라보니, 하얀 눈이 소복이 쌓여있었다. 저 멀리 안톤 씨네 빵 가게 간판이 희미하게 보였다. 가게 굴뚝에서 스멀스멀 올라오는 연기를 보아하니, 안톤 씨는 아직 어둑한 새벽 일찍부터 부지런히 빵을 굽기 시작한 것 같았다.

부드러운 황갈색 점을 가진 강아지 베일리가 메리를 향해 달려왔다. 꼬리를 세차게 흔들며 베일리는 메리가 누워있는 침대 위로 훌쩍 뛰어올라왔다. 베일리의 따뜻한 체온에 메리는 다시 한번 잠에 들어버릴 것 같았다. 무거운 눈꺼풀을 비비며 메리는 얼른 이불 밖으로 나왔다. 빨간 코트를 둘러입고는 안톤 씨네 빵 가게로 향했다.

메리와 베일리는 눈보라를 맞으며 눈 길을 헤쳐 나갔다. 하얀색 눈보라가 바람을 타고 하늘 위를 떠다녔다. 멀리서 해가 뜨기 시작했는데, 하얀색 눈보라에 햇빛이 반사된 것이 크리스마스 아침이라는 것을 알려주었다.

"메리! 메리 크리스마스. 어서 안으로 들어오렴."

안톤 씨는 멀리서 메리와 베일리가 오는 것을 보고는 가게 문을 활짝 열어 그들을 반겨주었다.
"올해는 크리스마스 크루아상을 만들어 보았어. 반죽 위에 오렌지 껍질과 초코칩으로 크리스마스 장식을 해보았지. 일 년 중 단 하루, 오늘만 맛볼 수 있는 안톤 표 크리스마스 빵!"
"안톤 아저씨, 최고예요!"
메리는 안톤 아저씨가 한가득 크루아상으로 채워준 빵 봉투를 들고 가게 문을 나섰다. 베일리가 그 뒤를 졸졸 따라왔다. 동네 주민들은 하나둘 안톤 씨네 베이커리로 모이기 시작했다. 올해도 윈터 원더랜드에서는 다른 어느 도시보다 더 낭만적인 크리스마스를 맞이할 수 있었다.

빵 냄새가 가득한 그런 크리스마스를.

그렉과 친구들

그렉은 요즘 새로운 변화를 시도하고 있다. 조금 더 강한 이미지를 만들어보고 싶기 때문이다. 직장에는 그렉의 고운 마음을 악용하는 사람들이 넘쳐났다. 새로운 변화를 통해서, 사람들이 자신을 쉽게 보지 않았으면 하는 작은 바람이었다. 인간이란 보통 강자 앞에 약하고, 약자 앞에 강한 동물적 근성을 지니고 있으니, 운동을 해서 근육질의 몸매로 가꾸어나가는 것도 방법이기는 할 터인데, 무거운 중량을 들며 근육을 키우는 운동은 그렉의 성향에 맞지 않았다. 그러니, 몸을 키우는 운동은 열외로 해야했다.

그렉이 원하는 건, 지나가는 사람들이 함부로 말을 걸지 못할 정도의 강인함이었다. 강인한 아우라랄까. 어제는 검은색 선글라스를 끼고 거리를 나섰다. 그렉의 귀염둥이들, 세 마리 강아지에게 선물할 크리스마스 선물을 쇼핑하기로 했던 것이다. 그렉은 거울을 보며 스스로를 영화 '매트릭스'에 나오는 모피어스라고 상상했다. 이 정도 아우라면, 지나가는 아이들이 길을 묻거나 하는 일은 없을 것이라고 확신했다. 모피어스 같은 선글라스를 낀 그렉에게 하루 종일 말을 건 사람은 백화점 매장 직원뿐이었다. 그것도 귀염둥이들 선물을 결제할 때 "일시불로 할까요? 할부로 할까요?" 정도였다. 그렉은 모피어스 선글라스를 낀 자신의 모습이 무척이나 만족스러웠다.

그런데, 실망스럽게도, 쇼핑을 하고 돌아오는 귀가 길에 지나가던 모르는 사람에게서 인사를 받았다.

"참 사랑스러운 강아지들이네요."

생각해 보니, 그렉이 모피어스 선글라스를 끼고 있어도, 그에게는 사정없이 꼬리를 흔들어대는 귀염둥이 세 마리의 강아지들이 있었던 것이다. 집으로 돌아온 그렉은 조금 더 강력한 방법이 필요하다는 생각이 들었다. 이번에는 귀염둥이들에게도 특단의 조치가 필요해 보였다.

한참을 소파에 누워 고민하던 그렉은 깊은 잠에 들었다. 꿈속에서 그렉과 귀염둥이 세 마리 강아지들은 매트릭스 영화 속 장면에 들어가 총알을 피하며 세상을 구하는 멋진 모피어스와 친구들이 되어 있었다.

멍청한 어느 날

"멍청한 12월!"
조는 12월을 굉장히 싫어한다. 아니, 구체적으로는 12월 24일과 25일을 싫어한다. 추가적으로 크리스마스 캐럴과 이 시기에 펼쳐지는 온갖 반짝이는 것들도 싫어한다.
"멍청한 12월!"
그는 세상을 사는 가장 현명한 방법은 현시점의 시스템에 대한 정확한 판단이라고 믿어왔다. 모든 것은 수요와 공급에 의해 결정되고, 지금의 풍요는 바로 자본주의라는 한 시스템의 산물인 것이다. 그러니, 조의 해석에 의하면, 매년 12월마다 펼쳐지는 반짝이는 것들은 모두 크리스마스 특수를 노리는 마케팅 상술인 것이다. 조는 식료품 상점에도 거리에도 크리스마스 캐럴이 가득한 것은 지독한 '독과점'의 하나라고 여겼다. 이 모든 것이 크리스마스에 대한 기대감을 높여 매출을 조금이라도 높여보려는 얕은 술수라고. 그래서 조는 12월을 가장

바쁘게 살았다. 피할 수 없으면 눈을 감아버리자는 것이 그의 결정이었다. 불필요한 야근을 나서서 하기도 하고, 과도한 프로젝트를 나서서 맡았다.

주로 크리스마스에 가족끼리 휴가를 가려는 동료들이 많았기에, 조에게는 가장 바쁘게 보낼 수 있는 달이기도 했다.

12월 24일 저녁. 올해도 어김없이 조는 가장 마지막으로 사무실을 나왔다. 조금 더 남아 야근을 하고 싶었지만, 출출한 찰나였다. 조는 빨간색 재킷 지퍼를 목 위까지 올려 잠그고는 거리로 나왔다. 멍청한 캐럴이 거리를 채웠다. 조는 재킷에 달린 하얀 솜털이 달린 모자를 뒤집어썼다. 신명 나게 울리던 캐럴이 조금 흐릿하게 들리기 시작했다.
"훨씬 낫군."
조는 늘 즐겨가던 피자가게에서 마지막 남은 페퍼로니 피자 한 판을 샀다. 기분이 조금 더 좋아졌다. 골목을 지나 걸어가는 길목에 작은 공원 벤치를 지날 무렵이었다.
"조 아저씨, 메리 크리스마스!"
뒤돌아보니 아랫집에 사는 작은 꼬마 레리였다.
"어, 레리 아니니. 메리 크리스마스 되렴, 레리. 이렇게 늦은 시각에 왜 거리에 혼자 있는 거니?"
조는 고개를 숙여 레리에게 인사했다.
"아저씨를 기다리고 있었어요."
레리가 조에게 이야기했다.
"어른은 산타에게 선물을 받지 못할 것 아니에요. 그래서 매년 산타를 대신해서 어른들에게 크리스마스 선물을 하고 있어요. 올해 크리스마스는 조 아저씨 차례에요."
레리가 대답했다. 조는 코 끝이 찡했다. 어딘가에서 울컥 참았던 무언가가 올라오는 기분이었다. 두 눈에는 물기 같은 것이 가득한 기분이 들었다.

 그리고 제발 지금 이 작은 꼬마 앞에서 흘러내리지 말아 달라고 생각하며 대답했다.
"고맙다, 레리. 정말 고마워."

그날 밤 조는 아주 오랜만에
설레는 마음으로 잠자리에 들었다.

꿈속에서 조는 어린 시절로 돌아갔다.

꿈 속에서 조는 크리스마스를 믿었고,

조는 행복했다.

크리스마스 날 아침이 밝았다.

이날따라 조는 밖으로 나가 크리스마스 아침을 맞이하고 싶었다. 그리고 이 생각이 실은 멍청하지 않다는 확신이 들었다.

어느 발레리노와의 추억

연인, 크림슨 레드, 와인 한 잔 그리고 로맨틱한 저녁 식사. 크리스마스를 기다리는 어른이라면 누구나 한 번씩 꿈꾸는 이야기들이다. 다만, 제이는 솔로이기 때문에 크리스마스가 반갑지 않다. 밸런타인은 초콜릿을 좋아하지 않는다는 이유로 애써 자기합리화했지만, 12월 25일은 달력에서조차 빨간 날이기에 더욱 옆구리가 시렸다. 그렇다고, 크리스마스를 보내기 위해 남자친구를 만드는 것처럼 유치한 일은 없다고 생각한다. 세상 어딘가에 그녀의 짝이 그녀를 기다리고 있고, 때가 되면 그와 함께 크리스마스를 보내는 날이 올 것이라 믿기 때문이다. 그렇다. 그녀는 운명론자다.

물론, 운명론자 제이도 작년까지는 와인빛 립스틱을 바르고 12월 25일을 기다리던 시절이 있었다. 그녀가 로랑스를 만나던 시절이다. 로랑스는 가느다란 갈색 머리를 흩날리는 발레리노였다. 로랑스를 만나던 시절 제이는 가장 빛났고, 로랑스와 함께라면 삶의 어떤 역경이 오더라도 테니스 공을 네트 너머로 넘기듯 가뿐히 스윙하며 살아갈 수 있을 거라 믿었다. 연인들이 한 번씩 겪는 문제들, 예를 들면, 다른 여자들의 연락, 늦은

밤 연락이 끊기는 것과 같은 일들은 제이와 로랑스에게도 있었고, 로랑스는 그럴 때마다 그랑쥬떼*하듯 책임을 회피하고 바로 다른 주제로 대화를 넘기는 데에는 뿔 방울뱀(29km/h의 속도로 달린다)처럼 빨랐다. 다행히 이 모든 건 지난 일이다. 지금 제이는 소파 위에 누워 크리스마스를 보내기 위해 준비해둔 팝콘을 집었다. 비록, 옆구리는 시리지만, 속 편한 크리스마스라는 생각을 하며.

그랑쥬떼* (Grand jeté) 발레에서 가장 역동적인 동작의 점프

근사한 저녁 식사

온 가족이 둘러앉아 테이블 위에 놓인 갈색으로 그을린 칠면조를 나누어 먹으며 보내는 따뜻한 저녁. 이런 크리스마스 식사는 이제 영화 속에나 있는 그런 것이다. 크리스마스를 보내기 위해 멀리 흩어진 가족이 모이는 것부터 쉬운 일이 아니기 때문이다. 더구나 꽁꽁 언 도로 위로 뒤엉킨 차들을 생각하면 따뜻한 칠면조는 티브이 스크린에서 만나는 것이 더 반갑기도 하고.

크리스마스를 이틀 앞둔 어느 수요일, 릴리는 저녁에 먹을 감자칩과 와인을 사러 마트에 갔다가, 문득 이런 생각을 했다.
"이번 크리스마스는 조금 더 따뜻했으면 좋겠어."

릴리는 얼떨결에 칠면조를 구매했다. 무려 7킬로짜리 대형 칠면조였다. 다만, 칠면조를 들고 귀가하는 길에 칠면조를 구울 오븐이 집에 없다는 것을 깨달았다.
"이참에 오븐을 하나 마련해야겠어."
그렇게 릴리는 작은 오븐을 구매했다. 많은 기능은 없지만, 작은 집에 딱 알맞은 크기의 오븐이었다. 릴리는 이제 매년마다 칠면조 구이를 할 수 있겠다는 생각을 했다.
릴리는 소파에 누워 스마트폰을 켰다. 그리고 친구들에게 크리스마스 저녁 식사에 초대한다는 메시지를 보냈다. 최근까지 연락을 주고받던 친구들에게만. 너무 오랜만에 연락을 하면, 다른 의미로 생각할지도 모르니까. 예를 들면, 결혼 발표라던가. 돈을 빌려달라는 이야기라던가. 최악의 상황으로는 데이트 상대를 구걸하는 것처럼 보인다던가.

12월 25일 오후 6시 릴리네 크리스마스 저녁 파티 30분 전.

릴리는 생애 최초로 대형 칠면조 구이를 완성했다. 완성하고 보니 상상했던 것보다 더 큰 칠면조 구이였다.

'내가 너무 들떠있었나…'
릴리는 오늘 저녁 이 칠면조를 다 먹을 수 있을 만큼 친구들이 와줄지 걱정이 되었다.

12월 25일 오후 6시 25분. 딩- 동. 벨 소리가 들렸다. 릴리는 조금 걱정스러운 얼굴로 현관으로 나갔다. 현관문을 여니, 릴리의 친구와 그 친구의 친구와 그 친구의 친구들이 현관문 앞에 서있었다.

"메리 크리스마스!"

릴리의 크리스마스 식탁에서는 따뜻한 김이 모락모락 피어오르고 있었다.

우린 만나야 해요

크리스마스를 하루 앞둔 어느 금요일 데이비드는 18년간 몸을 담았던 크라프트 맥주 회사에서 퇴직을 했다. 내년이면 영업부 부서장으로 승진을 앞두고 있었지만, 더 늦기 전에 삶의 템포를 찾고 싶었기 때문이다.

돌이켜보면 데이비드의 삶은 단조롭지 않았다. 맥주 회사 영업직이란, 클라이언트를 만날 때마다 맥주 한 잔 두 잔은 기본이다. 우리 몸에 술이 들어갔을 때를 생각해 보라, 절대로 단조로울 수 없지 않은가. 더구나 경쟁업체에서 나온 맥주 시음은 그의 하루 일과였다. 아, 그리고 빠질 수 없는 것은, 그의 주변을 배회하던 수많은 여인들, 마리얌, 패트리샤, 그리고 35번가 골목 맥줏집의 그녀… 그는 직장 생활을 하며 맥주로 빚어낸 동그란 배를 감싸고 이제는 삶의 재미를 찾을 준비를 하고 있다. 데이비드는 따뜻한 샤워를 하고 나와 퇴직을 자축하는 의미로 새로 장만한 샤워가운을 걸쳤다.

허리띠를 둘러메니 꽤나 포근한 가운이었다. 데이비드는 물기를 대충 털어내고는 의자에 앉아 긴 종이 노트를 펼쳐들었다.

"어디 보자, 밥 한 번 먹기로 한 사람들이랑 전화 한 번 하기로 했던 사람들로 나누어보면 되겠군."

데이비드는 긴 종이를 반으로 접어 오른쪽과 왼쪽으로 나누었다. 오른쪽에는 '언제 밥 한 번 먹어요'라는 약속을 주고받았던 사람들의 이름을 적어내려가기 시작했다. 그리고 왼쪽에는 '전화할게요'라고 말하고 전화를 걸지 않았던 그 많던 사람들을 적었다.

18년간 데이비드는 영업직에 헌신했다. 그가 맡은 라거* 제품은 시장에서 1위를 놓친 적이 없었다. 그는 이렇게나 성실한 직원이었으며, 이 성실의 대가는 지키지 못할 수많은 약속들을 남겼다. 그의 전화를 기다리고 있을 이 많은 사람들. 데이비드는 자신의 18년을 되돌아보며 이제는 약속을 지킬 때라는 마음을 다시 한번 곱씹었다.

'사각사각' 종이 위에 펜을 끄적이는 소리만이 방 안을 맴돌았고, 밤의 정적은 길어져만 갔다. 그리고 자명종이 울렸다. 밤 12시. 방 안으로 울려 퍼지는 자명종 소리가 12월 25일 크리스마스라는 사실을 가르쳐주었다.

"생각했던 것보다 더 많군..."

작은 것일수록 좋아

"이번 크리스마스에 받고 싶은 선물 있어?"
"에이, 무슨 크리스마스 선물이야."
"그래도 한 번 말해봐."

"음.. 작을수록 좋지."

"작을수록 좋다라…"

여자와 남자는 서로 다른 이유로 행복했습니다.

커피를 마시지 못하는 로베르

로베르에게 커피는 쥐약이다. 또한, 그는 커피를 독극물의 하나로 취급한다. 향긋한 냄새로 유인하지만 입술에 닿는 순간 쓰디쓴 맛으로 들어오는 독극물. 커피를 마시는 날이면 로베르는 밤을 꼴딱 새우기 일쑤였다.

그런 로베르가 불쌍한 이유를 꼽자면, 대부분의 시간을 카페에서 보낸다는 것이다. 그가 일하는 사무실은 작고 오래된 건물 4층에 있는데, 그 흔한 엘리베이터조차 없는 건물이어서 사무실에서 미팅을 한다는 건, 상대편에게 미안한 일이기도 하고, 다 된 계약에 재를 뿌리는 격이기 때문이었다. 그래서 외부 업체와 미팅을 자주 갖는 로베르는 대부분의 근무를 카페에서 한다. 덕분에 로베르는 커피잔이 특이했던 카페, 의자 위에 자수가 예쁘게 놓여있던 카페 그리고 테이블 아래 발 받침이 있는 곳까지 대부분 카페의 특징을 꾀고 있으며, 케냐산 원두, 과일

향이 풍부한 에티오피아 예가체프 원두 그리고 영국 왕실에서 마신다는 자메이카 블루마운틴 원두커피까지 - 비록 커피의 맛은 알지 못하지만 - 다양한 원두의 향을 맛본 경험이 있다.

로베르가 정말 좋아하는 날은 크리스마스가 있는 주에 잡힌 미팅이다. 카페에 앉아 창가를 내다보며 크리스마스 분위기를 즐기고 있으면, 미팅을 하기로 한 업체에서 길이 너무 막혀 미팅에 늦는다거나, 혹은 추위에 엔진오일이 얼어 오지 못한다거나, 담당자가 갑작스러운 크리스마스 휴가에 갔다던가 기타 다양한 사유를 대며 미팅을 취소하기 때문이다. 그럴 때면 로베르는 느긋이 카페에 앉아 사방에 울려 퍼지는 캐럴을 들으며 커피향을 맡고는 한다.

그리고 로베르는 이렇게 생각한다.
'참 낭만적인 일을 하고 있어 나란 사람은.'

캐시미어 코트

밝은 녹색 정장 위에 고급 캐시미어 블랙 코트를 차려입은 신사의 이름은 알버트다. 비록 중고지만, 이 고급 진 코트를 장만하기 위해 알버트는 지난 여름부터 조금씩 월급의 일부를 모았다. 고급 캐시미어 코트를 걸치니 사뭇 중견 사업가의 느낌이 나는 것 같아 알버트의 발걸음은 당당하다. 그는 이번 크리스마스 연휴를 위해 고향으로 내려가는 길이다. 이번에 크리스마스에는 오래전부터 짝사랑하던 그녀에게 순수하고 진실된 마음을 고백할 참이다.

물론 알버트에게도 계획이라는 것이 있었다. 도시로 올라와 대단한 성공을 이룬 뒤, 그녀를 찾아가겠다는 것이 그 계획이었다. 그렇지만, 성공의 기준은 누가 정해주는 것일까. 시간은 하염 없이 흐르고, 알버트가 매달 받는 월급은 같았다. 그는 매달 월급을 받는 족족 은행에 차곡차곡 쌓아두는 성실한 젊은이였

지만, 결국에도 그는 월급쟁이였다. 오래지 않아 자신의 일 년 뒤 자산과 십 년 뒤 자산을 얼추 미리 계산해 낼 수 있었고, 성공이라는 것은 다른 이의 이야기였다.

아무리 계산기를 두드려보아도 그가 '성공한 알버트'가 되기 위해서는 다른 무언가가 더 필요했다.

그래서 알버트는 이번 겨울 숭고한 그녀를 찾아가기로 한 것이다. 그녀만은 알 것이다. 계산기 너머의 알버트에게 숨겨진 가능성을 알아봐 줄 것이다. 그리고 그는 성공한 젊은이가 될 수 있을 것이다. 그의 가능성을 믿어주는 그녀와 함께한다면 말이다. 알버트는 코트 깃을 올려세우며 생각했다.

"보이는 것이 전부는 아니야."

루돌프의 크리스마스

여기 크리스마스를 기다리는 또 한 친구가 있다. 그의 이름은 제임스 루돌프.

'루돌프 가'는 산타가 이끄는 여덟 마리의 순록 그룹에 마지막으로 들어온 집안이다. 루돌프 가는 마지막으로 들어온 일종의 신입이었지만, 곧 순록 그룹의 리더 자리를 꿰차고 들어앉을 수 있었는데, 루돌프 가의 순록들은 밤만 되면 밝게 빛나는 코를 가지고 있었기 때문이었다. 그들은 산타가 이끄는 썰매의 맨 앞자리에 서서 썰매 운행을 밝게 밝혔다. 루돌프 가의 임무는 꽤나 막중했는데, 그들은 백 년이 넘도록 단 한 번의 실수 없이 리더의 역할을 완수해냈다.

올해는 제임스 루돌프가 여덟 번째로 산타와 크리스마스를 동행하게 된다. 제임스 루돌프가 그의 할아버지의 할아버지의 할아버지의 할아버지의 할아버지의 할아버지의.. 그 할아버지의 할아버지의 할아버지의…할아버지의 그 너머 언제 적부터 이어온 가업을 물려받은 지 무려 팔 년이라는 세월이 흐른 것이다. 제임스는 곧 그의 아들에게 리더 순록 자리를 물려줄 때가 왔음을 인지하고 있었다. 다만, 다른 가문의 순록들이 기분 나쁘지 않은 선에서 아들에게 자리를 물려주어야 한다.

12월이 되고 눈이 내리기 시작했다. 제임스 루돌프는 올해도 무사히 크리스마스를 보내고, 집으로 돌아가 아내와 아들에게 올해 크리스마스 썰매 운행에 있었던 이야기를 해주고 싶다는 생각을 했다. 그러고는 아들에게 리더 순록이 지녀야 할 자질에 대해 하나씩 알려줄 것이다. 제임스는 성급할 필요는 없다고 생각했다.

꼬마 마녀의 겨울

요즘은 마녀를 찾기가 힘들다. 마녀들 스스로도 구지 전통을 계승해야 하는가에 대해 말이 많고, 실제로 마녀 계승을 포기한 사람들은 수두룩하다. (요즘 하늘을 나는 빗자루를 본 사람은 없지 않을까?)
웬만한 것들은 마법을 부리지 않아도 해결할 수 있는 세상이 왔기 때문이다. 야심한 시각 아무도 모르게 빗자루를 타고 밤하늘을 날아다니던 것도 다 예전에나 가능했던 일이다. 요즘은 시도 때도 없이 밤하늘을 날아다니는 카메라 달린 드론 때문에 마음 편히 빗자루 타기도 어려운 세상이다.

타라는 세상에서 가장 어린 마녀다. 다만, 타라는 올해를 마지막으로 마녀 계승을 포기하기로 했다. 내년이면 고등학교에 입학할 수 있는 나이가 되기 때문이다. 이 지긋지긋한 검은색 망토를 두르고 다니는 것도 올해가 마지막이리라. 돌아오는 봄

이면 타라도 무릎 위로 올라오는 짧은 치마에 교복 타이를 매고 여드름이 잔뜩 난 남학생들과 놀러 다닐 것이다 (보통 마녀라고 하면 매부리코에 주름진 눈, 그리고 살짝 구부러진 허리를 상상하겠지만, 타라는 하얀 피부에 앵두처럼 작은 코와 갈색 곱슬머리를 가진 예쁜 소녀다).

마녀로서 마지막 겨울을 맞이한 타라는 오늘 밤, 생애 마지막으로 빗자루를 타기로 했다. 매년 겨울 12월 25일이면 썰매를 끌고 등장하는 산타와 순록들을 도와주기로 결심한 것이다. 사실 산타를 돕는 것은 마녀 법 제4359387조에 위반하는 일이지만, 타라는 누가 아직도 법 타령을 하겠냐며 콧소리를 냈다 (산타는 겨울밤마다 마녀가 경계해야 할 대상 1호다. 시끄러운 종소리를 울려대며 밤하늘을 방해하기 때문이다).

타라는 작은 수첩의 종이를 찢었다. 그러고는 공중 위에 손가락을 휘저으며 마법을 부렸다. 곧이어 종이가 대문짝만 하게 커졌다. 검지를 까닥하니 커다란 빌딩이 그려졌다. 타라는 마치 오케스트라의 지휘자처럼 빌딩들 사이의 작은 가게들까지 하나씩 그려나갔다.

"이 정도면 되겠다."

타라는 빗자루를 집어 들고 창문으로 향했다. 이제 빗자루를 타고 마지막으로 밤하늘을 비행할 시간이다. 타라는 오늘 밤 빌딩 사이사이를 비행하며 크리스마스 밤 산타가 썰매를 끌기 가장 좋을 최적의 경로를 찾아낼 참이다. 오늘 밤은 타라의 마녀 역사상 가장 행복한 비행이 될 것이다.

산타의 일년

산타 클라우스. 그에 대해 밝혀진 진실은 많지 않다. 여러 추측들이 난무하긴 하지만 - 예를 들자면, 그가 추운 나라에 살고 있다던가, 일 년 내내 장난감을 만드는 공장을 운영한다던가 - 알려진 바에 비해 실제 그의 일상은 꽤나 평범하다. 물론 산타는 이 무료한 일상을 무척이나 좋아한다.
또 한 가지, 인간들이 놓친 것이 있다면 산타가 사는 곳이다. 그가 사는 곳의 정확한 위치를 알려줄 수는 없지만, 그는 일 년 365일 따뜻한 어느 지방의 작은 마을에 거주하고 있다. 오랜 시간이 지나도록 사람들이 산타의 출처에 대한 진실을 밝히지 못하는 것은 질문의 첫 단추부터 잘못 끼워졌기 때문이다. 오랜 시간 고민을 해도 문제의 답을 찾지 못한다면, 늘 첫 번째 단추를 의심해 보라.

그의 일 년은 12월 26일부터 시작된다. 크리스마스가 끝나는 다음 날이다. 산타는 해가 자정에 떠있는 오후까지 늘어지게 늦잠을 자고 주섬주섬 일어나 양치를 한다. 더운 지방에서만 맛볼 수 있는 것이 바로 찬물 샤워다. 산타는 차가운 물을 몸에 끼얹으며 잠에서 깬다.

그러고는 그가 가장 좋아하는 빨간색 반바지에 하얀색 반팔 티셔츠를 입고서는 하루를 맞이할 준비를 하는데, 이때 산타의 헤어스타일은 주로 포니테일이다.

그의 하루는 주로 집에서 걸어서 10분이 채 걸리지 않는 해변으로 나가 서핑을 하던가, 따뜻한 홍차를 마시며 지난 신문 따위를 읽는 것이다. 산타는 일주일에서 한 달 정도 지난 신문을 읽는 것을 좋아한다. 그러면 세상에 그렇게 놀랄 일도, 충격받을 일도, 슬퍼할 일도 없기 때문이다.

이런 단순한 패턴으로 산타는 9개월 정도의 시간을 보낸다. 10월부터는 조금 바빠지는 것이, 이제 슬슬 크리스마스를 준비해야 하기 때문이다. 이 시기가 되면 산타는 국제선을 타고 북극지방에 있는 그의 세컨드하우스로 도착해서, 일 년 내내 하나 둘 모인 아이들의 편지를 읽기 시작한다. 그는 샷을 세 번이나 추가한 카페라테를 들고서 책상에 앉아 하루 13시간, 길게는 15시간씩 편지를 읽는다. 어떤 편지는 그에게 행복을 주기도 하고, 어떤 편지는 읽다가 눈물을 훔치게 만든다.

그렇게 크리스마스가 다가온다. 그는 그의 직업이 세상에서 가장 행복한 직업이라는 사실을 매우 잘 알고 있는 어느 새하얀 포니테일 머리를 한 남성이다.
산타 할아버지, 메리 크리스마스!

조용한 반란

인간에게 보이지 않는 것은 보이는 것보다 더 위협적이다. 보이지 않는 움직임은, 언제 어떤 변화로 다가올지 가늠할 수 없기 때문이다. 경제학자 애덤 스미스가 주장했던 '보이지 않는 손'처럼 말이다.
문제는, 보이지만 보지 못하는 손도 있다는 것이다.
나의 작은 손이 그렇다.

시간이 흐르면 나는 성장할 수밖에 없고, 더 이상 누군가의 그림자 속에 숨거나, 식탁 밑, 혹은 침대 밑에 들어가 상황을 관망할 수 있는 그런 위치에 있을 수 없기 때문이다. 흐르는 강물을 어찌 멈추랴 흘러가는 시간을 멈추는 것은 신의 영역이다.
나는 자연의 순리를 거스를 수 없다.

나는 올해, 아직 내가 더 자라기 전에 산타를 시험해 보기로 했다.

내가 이런 어마 무시한 생각을 하게 된 것은, 내가 저지른 나쁜 짓에도 불구하고, 크리스마스 선물을 받았기 때문이다. 바로 작년, 일곱 살의 크리스마스였다.
그해 가을 나는 친구 엠제이의 집에 놀러 갔다가 엠제이의 초록색 장난감 자동차를 주머니에 몰래 넣어 왔었는데, 엠제이는 그 많은 장난감 자동차 중에서 유독 초록색에 집착했어서 단번에 자동차 한 대가 사라졌다는 것을 알아차렸다. 엠제이는 그해 겨울까지 자동차를 찾아달라고 세상이 떠나가라 고래고래 소리를 지르며 다녔지만, 나는 자동차를 돌려줄 수 없었다. 돌이키기에는 이미 너무 큰일이 되어버린 것이다. 그렇게 나는 훔쳐 온 자동차 장난감을 가지고 떳떳하게 놀 수도 없고, 버릴 수도 없는 그런 애매모호한 상황에 처한 상태로 크리스마스를 맞이했다.

그리고 그 크리스마스 날 밤 산타가 나의 머리맡에 선물을 두고 간 것이다. 그것도 내가 가지고 싶던 공룡 인형을!

나는 일곱 살의 크리스마스를 잊지 못한다. 이날을 기점으로 나의 인생은 180도 바뀌었기 때문이다. 나의 고사리처럼 작은 '보이지 않는 손'이 한 짓을 산타는 정말로 보지 못한다는 확신을 얻고 싶었다. 그리고 나의 고사리 같은 손이 더 자라기 전에 더 많은 일들을 저질러보기 시작한 것이다.
예를 들자면, '미시오'라고 쓰여있는 문은 당기는 것 같은!

맥켈런 씨의 은빛 테두리

올해로 맥켈런 씨가 은퇴한지 13년이 지났다. 그는 원래 우체국 공무원이었다. 각 우체국 지사마다 오는 우편물에 도장을 찍으며 그의 청춘을 보냈다. 자식들은 스무 살이 되자마자 경쟁하듯 앞다투어 독립을 했고, 몇 해 전 부인과도 사별한 이후로는 맥켈런 씨에게 행복이라 부를 만한 것들이 많지 않다. 아, 물론, 그렇다고 그가 일 년 365일 내내 불행한 것은 아니다.

'Every cloud has a silver lining.'
'모든 구름에는 은빛 테두리가 있다'라는 말이 있지 않은가. 맥켈런 씨의 먹구름 잔뜩 낀 하늘에도 소위 은빛 테두리는 존재하는데, 그것은 매년 겨울 크리스마스 시즌마다 반짝였다. 매년 이맘때면 그를 부르는 곳이 많아지기 때문이다. 올해의 첫 번째 러브콜은 11월 셋째 주 목요일 오후 1시에 왔다.
띠리리리-

"맥켈런 씨, 안녕하시죠? 그랜드 백화점 총괄 제임스 라이언입니다. 벌써 겨울이네요. 저희 그랜드 백화점은 매년 맥켈런 씨 덕분에 크리스마스 매출이 월등히 성장하고 있답니다. 늘 감사드려요."

"제임스 씨, 벌써 겨울이네요. 제가 한 일이 있나요, 워낙 행사 준비를 철저히 해주시니 그런 것이겠지요."

"아니에요, 모두 맥켈런 씨 덕분입니다. 감사드려요. 그래서 말인데, 맥켈런 씨 올해 일정은 어떠실까요? 올해 크리스마스에는 저희 그랜드 백화점 센트럴 점에서 역대 최대 규모의 행사를 준비해 보려고 합니다. 오후 3시부터 늦은 자정까지의 긴 스케줄이긴 한데요. 이날 시간이 괜찮으신지요?"

"좋습니다. 기대되는군요."

"아, 역시! 올해도 흔쾌히 승낙해 주셔서 감사합니다. 맥켈런 씨, 그러면 저희 회사 직원을 통해 조만간 구체적인 계획을 설명드리도록 하겠습니다."

"그러세요. 연락 주세요. 그럼, 안녕히."

"좋은 하루 보내세요, 맥켈런 씨! 미리 메리 크리스마스!"

그렇다. 은퇴한 이후부터 줄곧 맥켈런 씨는 크리스마스 행사가 열리는 그랜드 백화점에서 산타클로스로 살아왔던 것이다.

맥켈런 씨의 하얀 머리칼과 푸근한 풍채에서 우러나오는 미소는 햇살이 따스한 여름날에도 크리스마스에 대한 향수를 불러일으키는 강력한 매력이 있었다.

심지어 맥켈런 씨가 살고 있는 동네 꼬마 아이들은 그가 진짜 산타클로스이고, 맥켈런 이안이라는 가명을 가지고 살고 있다고 믿었다. 다만, 그의 비밀을 자신들이 알고 있다는 사실을 그가 알게 될 경우, 정체가 발각된 것에 문제성을 느껴 쥐도 새도 모르게 이사라도 갈까 봐 두려워 그 누구에게도 이야기하지 않기로 우정의 서약을 나눌 정도였다. 정말 친한 친구에게까지도 이야기하지 않았으니, 어린 친구들이 산타를 지키려는 의지가 얼마나 대단했던 것인지 알 수 있다. 물론 맥켈런 씨를 포함한 어른들은 아이들이 그를 진짜 산타클로스라고 믿고 있다는 사실에 대해 알고 있었다. 그저 그들의 순수한 마음을 지키고 싶어 모른 척하고 있을 뿐.

그러니까 잿빛 같던 맥켈런 씨의 삶에도 이런 은빛 테두리가 숨어있어, 맥켈런 씨는 이 행복으로 일 년을 살아갈 힘을 충전했다.

자세히 살펴보면 모든 하늘에는 작은 은빛 같은 것이 빛나고 있다. 그것으로도 삶을 긍정할 이유가 충분한 것이고.

우정

"제임스 루돌프 씨 말이야. 어쩌면 이번 크리스마스 비행이 마지막이 될 수도 있다던데."
프랜서가 말했다. 그는 마시고 있는 카푸치노 잔을 두 손으로 감싸 얼었던 몸을 녹이고 있었다.
"그러면 이번에 루돌프 씨를 위한 선물을 하나 준비하면 좋겠네. 매년 고생이 많았잖아. 다들 알다시피, 앞잡이를 선다는 것이 얼마나 힘든 일이야. 우리 대신 그 거센 찬바람을 다 맞아주는 것과 다름없다고."
프랜서의 옆에 앉아있던 빅센이 대답했다.
"그래, 나도 동의해. 이번에 산타를 만나면 한 번 건의해 보자. 분명 산타도 좋다고 할 거야. 배달이 끝나고 산타 원두막에 가서 가볍게 버터 맥주를 한잔하는 건 어떨까? 몸도 녹일 겸 말이야. 내가 그날 아내가 구워주는 피칸파이를 가져갈게."
역시 큐피드는 누구나 솔깃할만한 그런 따뜻한 제안을 가져오는 데에는 일가견이 있었다.

"그러면 나는 갈릭 바게트를 가져갈게. 말했지, 우리 동네 앞에 정말 맛있는 빵집이 생겼거든."

조용히 생강차를 마시고 있던 도너도 거들었다. 도너는 생강차를 한 입 더 마시려다가 어떤 생각이 들었는지 잔을 내려놓고는 이야기를 이어갔다.

"아, 그 자리에 루돌프 씨네 가족을 초대하는 것은 어떨까? 가족이 함께 축하할 수 있다면 더 의미 있을 거야."

순록들은 도너를 바라보며 고개를 끄덕였다. 이건 긍정의 표시다.

"루돌프 씨가 오늘은 유독 늦네."

프랜서가 말했다.

"블리쳇이랑 댄서랑 같이 산타 오두막에 있어. 곧 올 때가 되긴 했는데 말이지… 엿들으려고 했던 건 아니고, 아까 산타한테 전달할 전보가 있어 잠깐 들렸다가 들은 건데 이번 비행은 이전보다 훨씬 더 쉬워질 거 같다고 하더라. 기억나지? 작년에 뉴욕이랑 어디였냐…서울, 베이징 그리고 그 아래 어디야 싱

가포르를 돌 때 말이야. 작년이랑 또 다르게 매년 새 빌딩을 지어대니, 길을 잃지 않는 것이 더 이상한 일이지."

빅센이 이야기했다. 그는 흥분하면 콧구멍이 커져 우스꽝스러운 표정을 짓고는 했는데 지금이 그랬다.

"지난밤에 산타 오두막 앞에 지도* 같은 것이 왔데. 그러니까 우편물처럼 말이야. 신기한 일이지. 그 작은 집에 산타가 있다는 사실을 아는 사람은 몇 안 될 텐데. 그리고 그 지도에 우편물 배달에 최적화된 지름길이 표시돼있었다는 거야. 그것도 새로운 건물 지형을 다 반영한 상태로!"

빅센이 계속해서 콧구멍을 벌렁이며 이야기했다.

"대단한데. 빅센 말이 사실이라면, 이번 루돌프 씨 마지막 비행은 조금 더 수월해지겠네. 잘 된 일이지."

프랜서가 대답했다. 그는 그의 잔에 담긴 마지막 카푸치노를 들이켰다. 이제 제법 식은 커피의 우유크림이 프랜서의 입술 주변에 가득 묻어났다.

* p.58 꼬마마녀 타라를 찾아보세요.

작은 혼잣말

"나이가 들면 추억으로 하루를 살아."

"지금이 불행하다는 뜻은 아니고, 돌아갈 수 없는 순간에 대한 그리움 같은 거지. 그러니까 삶의 순간들을 더 느슨하게 즐기는 그런 사람이 되었으면 좋겠어."

어느 12월 겨울, 헬렌은 혼잣말을 했다. 언젠가 태어날 그녀의 아이는 이 마음을 이해해 줄 것이라는 생각을 하며.

초록색 크리스마스

브라질, 에콰도르, 콜롬비아, 가봉, 케냐, 콩고 민주 공화국, 콩고 공화국, 소말리아, 우간다, 인도네시아…이들 나라의 공통점이 무엇인지 아시는 분이 계실까.

아마 소싯적에 지구본 좀 굴려 본 사람이라면 이 나라들이 지구의 중심을 통과하는 자전축 위에 위치한, 즉 적도 국가라는 사실은 알고 있을 것이다. 물론, 몰랐다고 서러워할 중대사는 아니다. 적도에 위치한 나라들은 통상적으로 태양의 직사광선을 많이 받기 때문에 온도가 높고 습기가 많은 열대우림기후를 형성한다. 다르게 이야기하자면, 일 년 365일 덥고 찌는 날들이 지속된다는 것이다.

이쯤에서 지루함에 하품이 나올 법한데, 이렇게나 길게 이야기를 늘어놓는 이유는, 바로 이곳에서 맞이하는 크리스마스는 조금 특별하기 때문이다.

첫째, 크리스마스 트리. 이곳에서는 끝이 뾰죽한 침엽수에 크리스마스 장식을 달다가 '앗 따가워!' 하며 소리 지를 필요가 없다. 다양한 나무에도 트리 장식을 해볼 수 있어 크리스마스를 앞둔 가정에서는, 매년마다 '올해는 어떤 나무에 트리 장식을 달아볼까' 하는 것이 가장 큰 고민이다.

둘째, 야외수영장 물에 풍덩 들어가 팔다리를 휘저으며 크리스마스 캐럴을 들을 수 있다는 점이다. 해변으로 나가면 과감한 비키니 복장을 한 산타들도 만나볼 수 있고, 간혹 흰 수염까지 붙이고 뙤약볕 아래 누워 일광욕을 하는 산타들을 찾기도 쉽다. 기회가 온다면 살면서 꼭 한 번쯤은 겪어볼 만한 광경들이다.

스컬리는 이번 크리스마스 연휴를 따뜻한 나라에서 보냈다. 그에게도 적도 위 크리스마스에 대한 낭만이 생겼기 때문이다.

스컬리는 초록색 풀 내음이 가득한 거리를 누볐다. 따뜻한 공기를 마시며 누비는 크리스마스는 새로운 느낌을 주었다.

셔츠는 땀으로 흠뻑 젖었지만, 크리스마스 캐럴을 들으며 한바탕 쇼핑까지 하고 나니, 한여름의 크리스마스도 제법 즐겁게 느껴졌다.

스컬리는 왜인지 모르게 이제는 일 년을 크리스마스처럼 보낼 수 있을 것 같다는 자신감이 생겼다. 방법은 매우 간단했다. 나의 마음이 크리스마스일 것!

우리 배달부의 임무

아마 여전히 많은 사람들이 산타를 위한 배달부가 있다는 사실을 알지 못할 것이다. 그만큼 우리 배달부들은 엄격하고 확실하게 임무를 수행하고 있다. 우리는 산타가 들어가지 못하는, 정말 비좁은 집으로 가는 선물들을 담당한다. 이 글을 읽던 중 문득 본인의 집을 한 번 둘러보며, 그럼 지금껏 본인이 받은 선물은 산타가 전달해 준 것이 아니었단 말인가, 하며 은근한 배신감을 느끼고 있는 독자가 있을지 몰라 언급하자면, 그보다 더더더 작은 집 있다.

산타의 배달부가 되기 위한 채용 조건은 정말 까다로운 편이다. 이 조건에 비하면, 낙타가 바늘구멍에 통과하는 것쯤은 식은 죽 먹기라고 봐도 된다. 그나마 이중에 가장 무난한 첫 번째 관문은 바로 선천적으로 타고나는 체형이다. 산타의 배달부는 엄청나게 말라야 한다.

산타는 매년 크리스마스 밤마다 잠자는 아이들에게 선물을 전달하면서 동시에 그와 함께 일할 만한 친구들을 물색한다. 일 년에 서너 명의 아이를 물색해 두었다가, 그 이듬해 크리스마스에 선물을 전달하면서 그 아이가 얼마나 빼빼 마를 것인지 예상해 보는 것이다.

내가 그 어느 날 밤의 행운아 중 한 사람인데, 훗날 산타가 알려주기로는 사 년 정도를 지켜본 결과 나는 앞으로도 빼빼 마를 것이라는 생각이 들었다고 한다.

이쯤 되면 거울 앞에 서서 자신의 몸을 바라보며 '혹시 나도 살을 빼면…' 하며 산타의 배달부가 되는 어리석은 희망을 품는 어리석은 독자들도 몇몇 있을 것이다. 그래서 공개하는 산타의 까다로운 채용 조건 두 번째는 바로 곱슬머리나 턱수염이다. 이 부분이 조금 까다롭기도 한데, 어떻게 잠자고 있는, 그것도 새파랗게 어린아이들에게서 곱슬거리는 턱수염을 발견할 수 있다는 말인가. 산타가 이후에 알려준 팁이 하나 있다면, 바로 가족사진을 유심히 살펴보는 것이다. 아이의 방에, 혹은 그 방과 연결되는 복도에는 주로 할머니, 할아버지를 포함하여 온 가족이 찍은 사진이 한 장씩 걸려있게 마련이다. 그러면 그는 사진 속 아이의 가족들을 슬쩍 살펴보는 것이다. 주로 할아버지와 아버지가 곱슬머리라면 아이도 역시 곱슬머리일 확률이 높고, 곱슬머리인 사람들은 턱수염도 곱슬거린다. 곱슬거리는 머리와 턱수염은 어두운 밤 산타와 비슷한 실루엣을 남기니, 정말 숭고한 요소이기도 하다.

이 이야기를 읽은 독자분들 중에는 '어머나, 산타라는 사람이 알고 보니, 남의 집 가족사진이나 훔쳐보고 가는 도둑고양이였네!'라는 생각이 드는 사람들도 있을 것이다. 그래서 세 번째 채용 조건을 밝힌다. 내가 정말 존경하는 산타에게 불명예를 남길 수는 없으니까.

우리 배달부들의 공통점이 하나 있는데, 우리는 매년 산타에게 받았으면 하는 선물이 없었다는 것이다. 우린 가지고 싶은 선물을 떠올리며 기도를 하는 그런 평범한 아이들이 아니었다. 우리는 산타가 되고 싶었다. 예를 들자면, 나의 어릴 적 기도 내용은 주로 '나중에 커서 산타클로스가 되게 해주세요' 였고, 학교나 교회에서 산타에게 보낼 편지를 쓰는 기회가 생기면 나는 어떻게 하면 산타가 될 수 있는지 나의 장래를 계획하기 위한 내용으로 편지를 채우고는 했다. 다르게 이야기하자면, 우리 배달부들은 모두 채용이 되기도 함과 동시에 진심으로 꿈꾸던 일을 하게 된 행복한 사람들이라는 것이다.

이 밖에도 아직 말하지 못한 채용 조건들이 있다. 다만, 이 모든 것들을 누설한다면 산타가 곤란해질 수 있으니, 이쯤에서 줄이려고 한다.

아쉬운 마음에 딱 한 가지만 더 이야기하자면, 만일 빼빼 마르고 곱슬거리는 머리와 턱수염을 기른 사람이 당신 주변에 있는데, 그가 매년 크리스마스이브와 크리스마스 당일에는 늘 선약이 있는 인싸라면, 그를 아주 잘 살펴보자.

왜냐하면 그가 나와 함께 일하는 산타의 배달부일 수도 있기 때문이다.

"우린 산타의 배달부!"

어느 강아지의 사정

짖고, 울부짖고, 구르고.
사람이 우리의 말을 이해하지 못하듯, 사실 우리도 사람의 말을 알아듣지는 못한다.

그저 오랜 연륜과 눈치로 알아차리는 것뿐이다. 감정을 나누는 데에 꼭 언어가 필요한 것일까? 나의 아버지의 아버지의 아버지로부터 내려온 의사소통의 가장 중요한 키워드는 지속적인 관심과 사랑, 그리고 진심 어린 마음이다. 나는 덱스터와 수년간 감정을 교류하며, 우정을 쌓아왔다.

그렇다. 우리는 둘도 없는 가장 가까운 친구다.

다만 요즘 내게 한 가지 고민이 생겼는데, 덱스터가 우리 우정에 배반하는 행동들을 보이기 시작했기 때문이다. 내가 아는 바, 덱스터는 '고양이파' 라기보다는 '강아지파'에 속하는데, 요즘 들어 매주 일요일 저녁마다 덱스터에게서 고양이 냄새가 나기 시작했다. 어디에서 무엇을 하고 다니는 것인지 도통 알 수가 없으니, 답답하기만 할 노릇이다. 분명 일요일은 늘 나랑 보내던 덱스터인데 말이다!

하루는 한참을 나사 풀린 사람처럼 창밖을 바라보고 있길래 혹시 말 못 할 고민이 생긴 것인가 해서 가까이 다가가 바라보니, 덱스터가 창밖을 바라보며 웃고 있지 않은가. 나는 덱스터답지 않은 생소한 모습들에 어떻게 대처해야 할지 감이 오지 않는다.

또 한 번은 이런 적이 있다. 평소보다 조금 늦게 귀가한 덱스터가 소파 위로 나를 부르더니, 한 여인의 사진을 들고서는 무어라고 말을 했다. 나는 이게 '이렇게 생긴 여인이 오면 짖어'라는 뜻인지, '이렇게 생긴 여인에게는 꼬리를 흔들어줘'라는 뜻인지 알 수 없었지만, 아주 오랜만에 가진 '덱스터와 소파 시간'이 행복했으므로 최대한 꼬리를 흔들며 나의 마음을 표현했다.

그로부터 며칠이 채 지나지 않은 어느 금요일 저녁이었다. 일찍 귀가한 덱스터는 전매특허 새우크림 리조또를 만들고 있었고, 나는 리조또 냄새를 맡으며 저녁 시간의 여유를 만끽하고 있었다.

'띵동'

그때, 조용했던 우리 집에 손님이 왔다. 덱스터는 허겁지겁 현관으로 달려가 문을 열었고, 사진에서 많이 보던 익숙한 여인이 그를 껴안았다.

"오, 덱스터."

문제는 손님이 한 사람이 아니었다는 사실이다. 그 곱슬머리 여인의 다리 밑으로 쓰윽 누군가 등장했던 것이다.

그렇다. 나의 짧은 강아지 인생은 그 문이 열리기 전과 후로 나뉠 것이다. 드디어 신께서 나와 덱스터 사이에 쌓아온 오랜 우정을 시험에 들게 하였고, 나는 그 작고, 새침하게 생긴, 그녀를 만나게 되었다.

귀엽게 생긴 (망할!) 그 고양이를!

미스터 클라우스의 생각

사실 어린이들이 나쁜 짓을 했을 때에는 나름 이유가 있는 것 같단 말이야.
사춘기 형제자매의 괴롭힘도 한몫할 테고, 아무튼 전적으로 그 아이의 실수는 아닐 거라는 생각이 들어.

그래, 최소한 어딘가에서 보고 듣게 된 나쁜 것을 그대로 모방하는 경우도 있을 것이고.

어쩌면 더 나은 사람이 될 시작이
될 수도 있으니까.

그러니 이번 겨울에는 나쁜 짓을, 아니 실수를 저지
른 아이에게도 선물을 주어야겠어.

그래, 누구에게나 기회는 주어져야 해.

이쪽으로 오세요

"애야, 이 표지판은 무엇이니?"
로니는 열심히 글을 쓰다가 위를 올려다보았다.
'세상에'
대여섯 정도 되는 어른들이 로니를 둘러싸고 있었던 것이 아닌가. 로니는 급한 마음에 펜 뚜껑을 닫고는 자리에서 일어섰다.
"왜 그러시죠?"
로니가 물었다.
"네가 하고 있는 것이 궁금해서 그래. 이 표지판은 무슨 의미니?"
어느 할아버지가 대답했다.
"저희 집은 지하에 있어서, 산타가 실수로 그냥 지나칠 수가 있거든요."
로니가 대답했다.
"하긴, 산타가 지나칠 수 있지~"
옆에 있던 어느 아주머니가 추임새를 넣었다. 기분이 조금 상한 로니는 이야기를 이어갔다.

"뭐, 사람은 다 실수를 하니까 한두 번 정도 지나칠 수 있다고 생각해요. 저도 종종 숙제하는 것을 잊어버리고는 하거든요. 그런데, 올해는 산타가 꼭 와야 하는 이유가 있어서 그래요."
동그랗게 두 눈을 뜨고 이야기하는 로니에 군중들은 더욱 소녀의 이야기가 궁금해졌다.
"그게 무슨 일인지 물어봐도 되니?"
"동생이 태어났거든요. 그러니 올해부터는 꼭 저희 집을 들러줘야 해요."
하나 둘 눈송이가 떨어지기 시작했다. 크리스마스가 왔다는 것을 알려주기라도 하듯이.

타라의 겨울

크리스마스를 하루 앞둔 어느 목요일 저녁, 타라는 솔로인 친구들과 계획한 크리스마스 파티에 가기 위해 화장을 하고 있었다. 꼭 사랑하는 사람이 있어야만 크리스마스를 즐길 수 있는 것은 아니니까. 올해 겨울은 솔로인 친구들끼리 진탕 술에 취해버릴 계획이다.

타라는 머리를 빗으며 거리에서부터 울려 퍼지는 크리스마스 캐럴에 리듬을 탔다. 12월은 즐거운 것이다. 그러던 중 문득, 아주 오래전의 기억이 떠올랐다. 너무 바빴던 나머지 잊고 지냈던, 혹은 잊고 지내기 위해 노력했던 마녀 시절의 기억이.

타라는 혼잣말을 중얼 걸렸다.

"산타는 여전히 크리스마스 밤마다 선물을 배달하고 있을까…?"

이제는 알 수 없는 이야기가 그녀의 머릿속을 맴돌았다.

* p.58 타라의 이야기를 만나보세요.

크리스마스 초대장을 준다는 것은

리오는 10살이 되는 7월 본인의 생일 파티에서 엄청난 발견을 했다 (혹시 누군가를 짝사랑 중인 사람이라면, 리오의 발견에 귀 기울여 보자). 그건 바로 대부분의 사람들이 크리스마스 파티가 오기 전에 생일 파티를 한 번씩 거친다는 사실이었다. 정말 소수의 사람들, 그러니까 정확히 표현하자면 일 년 365일 중 생일이 12월 25일부터 31일 사이에 위치한 대략 2% 정도에 해당하는 사람들을 제외하고는 말이다.

리오는 이 사실을 이용한다면, 매 년마다 굉장히 로맨틱한 계획을 세울 수 있다는 것을 깨달았는데, 그 계획의 시작은 생일에서 비롯된다. 학급 친구들에게 주는 생일파티 초대장을 그녀에게도 살포시 전달하는 것이다. 그러면 그녀는 친구들과 함께 생일 파티에 참석할 것이다. 생일 파티란 필연적으로 생일 주인공에 스포트라이트가 집중되는 특성이 있으니, 이 자리를 비롯하여 그녀에게 나라는 존재를 알릴 수 있는 기회가 주어진다.

올해 여름에 있었던 리오의 생일 파티가 그러했다. 리오는 그간 단 한 번도 말을 걸어보지 못했던 마리아를 자연스럽게 자신의 집으로 초대했고, 그녀 앞에서 친구들에게 받은 생일 선물을 열어봄으로써, 자신의 사회적 인기를 어필할 수 있었다. 더구나 그날 리오는 고모부가 사다 준 우주선 케이크 덕분에 친구들의 부러움을 살 수 있었다.

리오의 발견이 대단한 이유는, 바로 생일 파티로 자연스럽게 친분을 쌓은 이후 몇 개월이 지나면 크리스마스 파티라는 두 번째 기회가 오기 때문이다. 물론, 생일 파티와 크리스마스 파티 사이에 3개월 이상의 긴 공백이 주어진다면, 유감스럽게도 지속적인 개인의 노력도 필요하다. 리오 역시 종종 마리아 근처에서 지난 7월에 있었던 자신의 생일 파티가 얼마나 즐거웠었는지에 대해 자주 언급하면서 마리아에게 자신의 존재를 끊임없이 어필했다.

그리고 12월 25일이 오기 2주 전, 리오는 친구들에게 선물할 크리스마스 초콜릿을 포장하면서 마리아에게 선물하는 초콜릿에는 작은 쪽지를 넣었다.

'마리아, 12월 25일 우리 집에서 열리는 크리스마스 파티에 네가 와준다면 정말 고마울 것 같아.'

리오는 생일 파티에서부터 그려온 큰 그림을 이번 크리스마스에 완성시키기로 했다.

진실에 가까운 진실

날이 추워졌다. 올겨울도 펑펑 내리는 눈이 나의 꼬리를 설레게 한다.

데이지가 저녁 8시면 일찍이 잠에 들기에, 나는 홀로 저녁 시간을 보내고는 하는데, 이 고요함도 나의 꼬리를 설레게 한다.

내가 이리도 행복한 이유는 곧 크리스마스가 다가오기 때문이다. 내가 일 년 내내 기다리던 크리스마스!
왜냐하면 나는 크리스마스의 기적을 믿기 때문이다. 이날은 모든 것이 아름답고, 모든 것이 기적 같다.

누군가 내게 크리스마스를 믿느냐고 물어준다면. 나는 자신 있게 대답할 것이다.

"멍멍멍! 멍멍 멍멍!"

"당연하지! 난 내 눈으로 똑똑히 봤는걸!"

12월 24일 22시 40분

클라우스 씨는 순록들이 오두막으로 오기 전, 막간을 이용해 소파 위에 앉았다. 소파 위에는 2주 전 일간 신문이 놓여있었다. 클라우스 씨는 안경을 쓰고 신문의 헤드라인을 읽어내려갔다.
"각국에 번지는 인플레 공포, 결혼 안한 30대 역대 최다, 메리 크리스마스는 올 것인가."
클라우스 씨는 신문을 내려놓았다. 더 이상 읽고 싶지 않았기 때문이다.
지난 일은 지난 일이고, 내일은 크리스마스다. 이 날 만큼은 모두 행복하게 보내야 하는 것이다.

Merry Christmas!

갑자기 어른 | 에세이

위를 바라보는 삶은 좀 질린다. 나는 나를 바라보는 삶을 살아야지.

아무래도 좋은 하루 | 에세이

어떻게든 긍정적인 방향으로 내게 주어진 상황을 해석한다. 지금 나는 상처되는 일들은 잊고 살아도 되는 어른이니까.

나를 아끼는 마음 | 에세이

아니, 솔직히 말해보자고. 우리는 정말 좋은 사람이 되어야 할까?

내가 되고 싶은 사람 | 에세이

내가 되고 싶은 사람은, 나의 행복을 지켜내는 사람.

14번가의 행복 | 소설

14번가에서 벌어지는 행복한 이야기, 어쩌면 행복을 찾는 사람들의 이야기.

How To Love Myself 나를 아끼는 60가지 방법들 | 일러스트북

아무도 아껴주지 않는 나의 마음, 내가 먼저 아껴줄 수 있을까요?

폴라리또와 나 | 소설

어느 날 빙하가 녹았다. 북극곰 폴라리또와 친구들에게 펼쳐지는 여정을 담은 이야기.

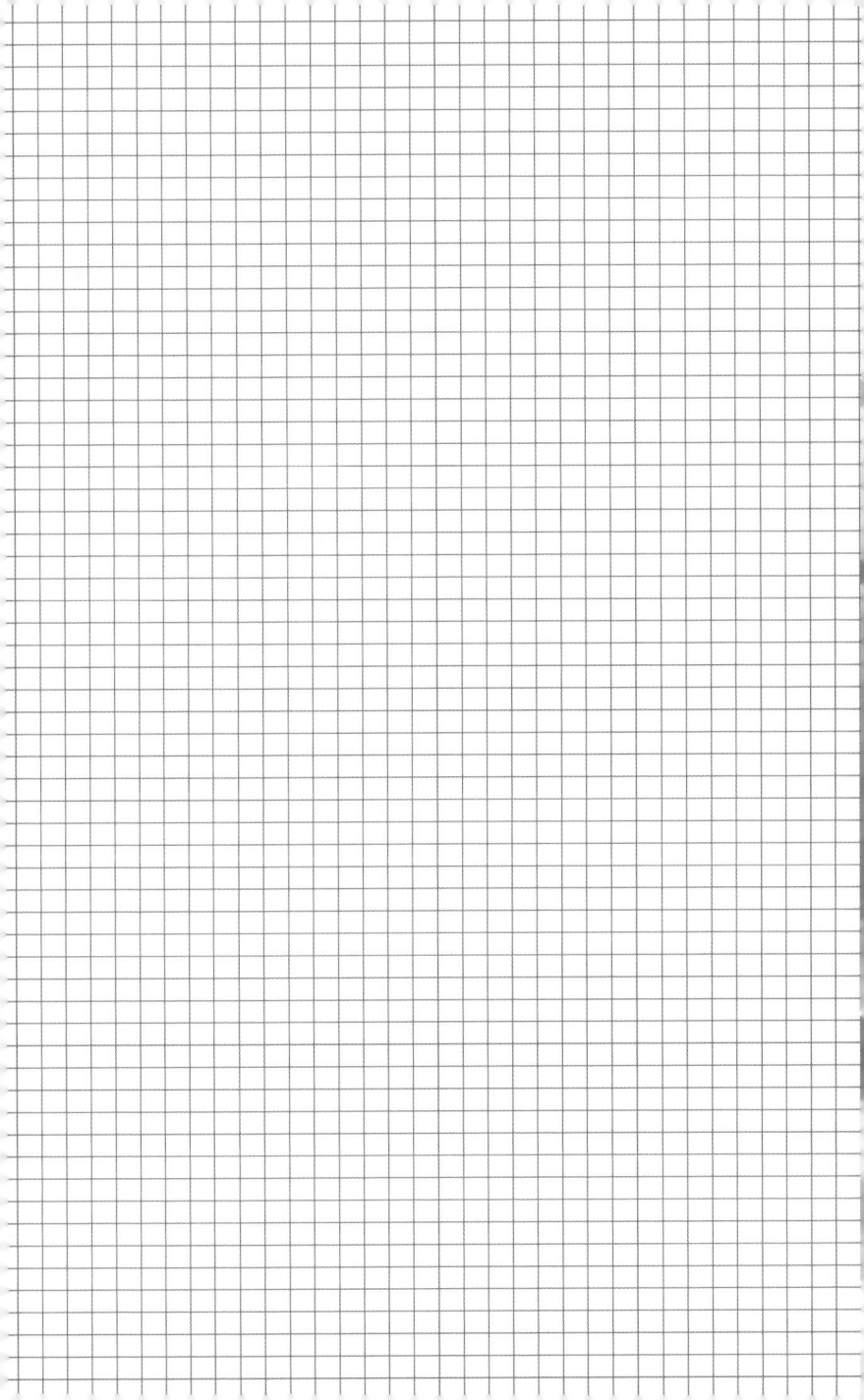

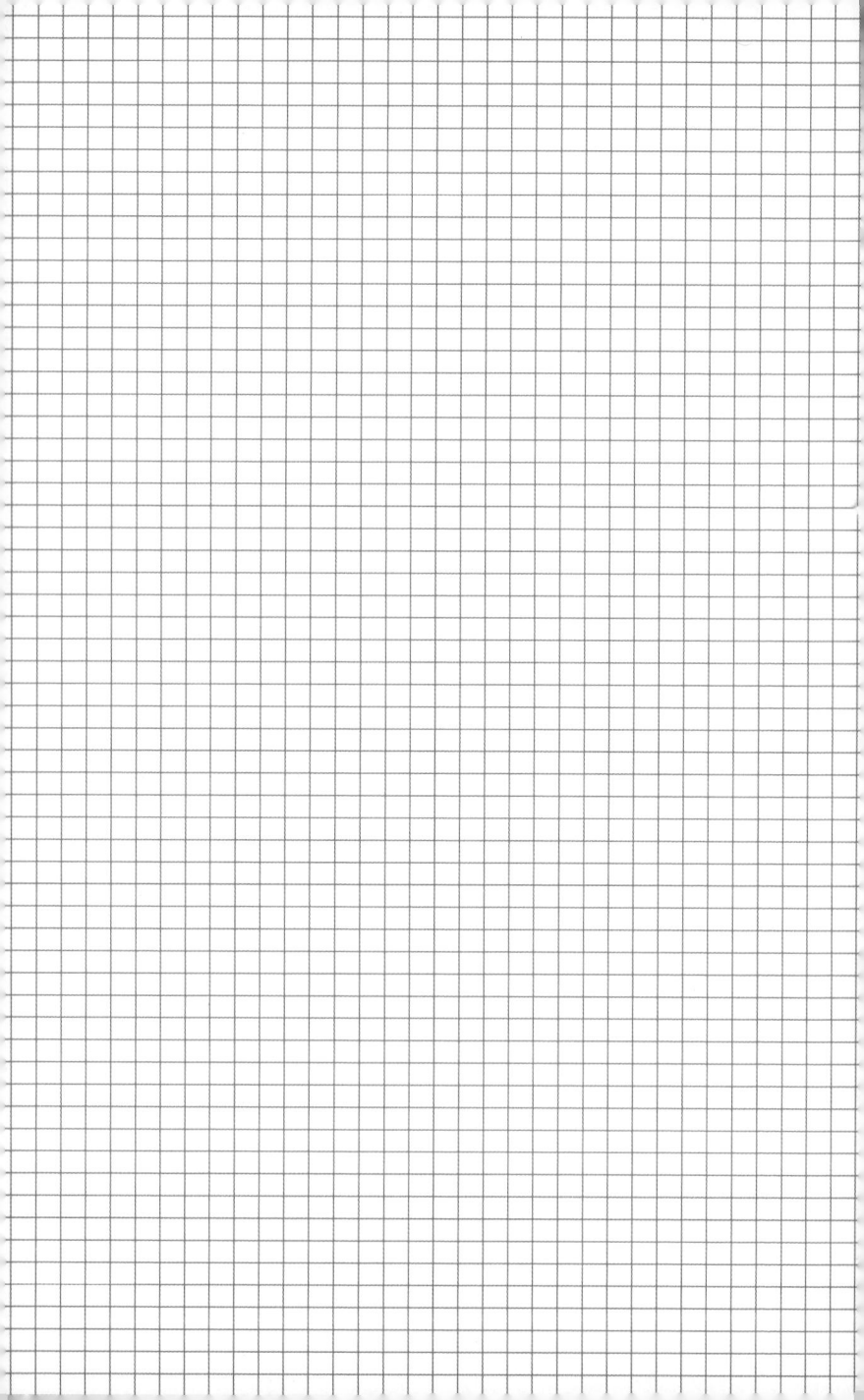